Alexandre Dumas Filho

A DAMA DAS CAMÉLIAS

Adaptação de
Evaristo Geraldo

Apresentação de
Marco Haurélio

Ilustrações de
Veridiana Magalhães

NOVALEXANDRIA
São Paulo - 1ª edição - 2010

Título original: *Le Dame aux Camélias*
© *Copyright*, 2010, Evaristo Geraldo da Silva
2010 - Em conformidade com a nova ortografia.
Todos os direitos reservados.
Editora Nova Alexandria.
Av. Dom Pedro I, 840
01552-000 São Paulo SP
Fone/Fax: (11) 2215-6252

Site: www.novaalexandria.com.br
E-mail: novaalexandria@novaalexandria.com.br

Revisão: Marco Haurélio
Capa: Adriana Ortiz sobre ilustração de Veridiana Magalhães
Editoração Eletrônica: Adriana Ortiz
Ilustrações: Veridiana Magalhães

DADOS PARA CATALOGAÇÃO

Geraldo, Evaristo, 1968-
 A dama das camélias/ Alexandre Dumas Filho ; adaptação de Evaristo Geraldo ; apresentação de Marco Haurélio ; ilustrações de Veridiana Magalhães.
São Paulo : Editora Nova Alexandria, 2010.
 48 p.   –(Clássicos em cordel)
 Adaptação de *Le Dame aux Camélias*, de Alexandre Dumas Filho
 ISBN 978-85-7492-164-8
1. Literatura de cordel infantojuvenil. I. Dumas Filho, Alexandre, 1824-1895.
Le Dame aux Camélias. II. Veridiana Magalhães (ilustradora). III. Título. IV. Série.
                                                                                    CDD: 398.5

Índice para catálogo sistemático:
027 - Bibliotecas Gerais
027.8 - Bibliotecas escolares
028 - Leitura. Meios de difusão da informação

APRESENTAÇÃO

PARA COMEÇO DE CONVERSA

O livro *A dama das camélias*, de Alexandre Dumas Filho, publicado em 1848, ainda hoje chama a atenção do leitor, por abordar temas polêmicos, como a prostituição e o preconceito. Mas, no fundo, trata-se de uma história de amor que, de tão divulgada, merece ser reconhecida ao lado de *Romeu e Julieta* ou *Tristão e Isolda* e outros clássicos.

A história é ambientada na Paris de meados do século XIX, onde o jovem estudante de direito Armando Duval se apaixona pela cortesã mais cobiçada da cidade, a bela Margarida Gautier, a "dama das camélias". Infelizmente, os rígidos costumes da época não permitem que os dois possam viver este amor.

Esta é, portanto, uma história de amor, mas, sobretudo, de renúncia, sofrimento e redenção. A reunião destes ingredientes talvez seja a maior razão de seu sucesso, repetido na adaptação para o teatro, feita pelo próprio autor, e nas muitas versões cinematográficas. No Brasil, o sucesso se repetiu, levando José de Alencar a publicar, em 1862, o romance *Lucíola*, no qual a influência do romance de Dumas Filho é incontestável.

Na literatura de cordel, há uma versão anterior a esta de Evaristo Geraldo, de autoria do famoso João Martins de Athayde (1880-1959). O que comprova a adequação do enredo à temática do cordel, marcado por um ciclo que reúne extraordinárias histórias de cunho dramático.

O LIVRO E SUA ÉPOCA

Quando Alexandre Dumas Filho escreveu sua obra-prima, *A dama das camélias*, a França passava por profundas transformações. Vitoriosa com a Revolução Francesa, a burguesia estava em plena ascensão. Por outro lado, o povo não chegou ao poder, como se esperava, e as feridas abertas pela Revolução mostravam o abismo social que separava os burgueses (a classe emergente) dos operários (o proletariado). O lema da Revolução – Igualdade, fraternidade e liberdade – se diluía cada vez mais, e os vícios do absolutismo, o regime aparentemente derrotado, não foram suprimidos. Entre 1830 e 1848, duas grandes revoltas abalaram o país.

Na obra de Dumas Filho, não há um aprofundamento acerca das grandes questões sociais do período. Esta tarefa coube a outro grande escritor, Victor Hugo, autor de *Os Miseráveis*[1]. Contudo, os preconceitos abordados em *A dama das camélias*, mostram, de forma sutil, uma sociedade dividida por valores que ainda hoje merecem ser questionados. Jorge Duval, pai de Armando, é o típico aristocrata interiorano que, em nome da estabilidade da família, sacrifica a felicidade do filho. As barreiras, tão conhecidas da sociedade moderna, são as mesmas que interferem na relação do casal protagonista.

---

1 - O romance *Os Miseráveis*, adaptado por Klévisson Viana, faz parte da coleção Clássicos em Cordel.

A DAMA DAS CAMÉLIAS EM LINGUAGEM DE CORDEL

Já sabemos que *A dama das camélias* inspirou outras obras de sucesso no teatro e no cinema. Pois bem, esta adaptação para o cordel demonstra que o drama da prostituta sensível está longe de esgotar o seu rol de influências. O poeta Evaristo Geraldo, na terceira estrofe, nos apresenta o cenário da história e a heroína:

> Antigamente existiu
> Na cidade de Paris
> Uma cortesã famosa,
> Uma linda meretriz,
> Que era muito desejada,
> Porém não era feliz.

O poeta, sem rodeios, explica o porquê do título do romance, a partir da preferência de Margarida pelas camélias, entre todas as flores oferecidas por seus admiradores:

Margarida detestava
Das outras rosas o odor
Então Dama das Camélias
Lhe chamavam com humor,
Pois a linda cortesã
Só aceitava essa flor.

 Mas, um dos melhores momentos da adaptação é o diálogo entre Margarida e o pai de Armando, o inescrupuloso Jorge Duval. Nesse ponto da narrativa, o preconceito de classe fica evidente na figura do pai que, ao agir de forma desonesta, afasta Margarida do filho, sem se preocupar com a felicidade de ambos.
 Além dos personagens citados, Evaristo destaca a participação de Prudência, amiga de Margarida, que, como o próprio nome indica, será a fiel conselheira e a consciência da heroína.
 Enfim, mais um clássico da literatura universal que mereceu uma excelente versão em cordel.
 Aplausos para Evaristo Geraldo, o autor da proeza.

QUEM FOI ALEXANDRE DUMAS FILHO

Alexandre Dumas Filho nasceu em Paris, em 1824. Filho "ilegítimo" do renomado escritor Alexandre Dumas (*O conde de Monte Cristo*, *Os três mosqueteiros*, entre outros) com Marie-Catherine Labay, costureira, foi reconhecido pelo pai famoso em 1831. Mesmo assim, os colegas de escola o tratavam como *bastardo*, o que foi motivo de uma infância infeliz, cheia de transtornos.

O romance *A dama das camélias* reflete, em muitas passagens, cenas da vida do autor. Em 1842, o jovem Dumas Filho se envolveu sentimentalmente com a cortesã Marie Duplessis, com quem romperia em 1845. A separação abalou a já frágil saúde de Marie, que morreu, dois anos depois, vítima da tuberculose.

Abatido, o jovem escritor se isolou, e deste isolamento, nasceu *A dama das camélias*. Em comum Marie e Margarida (a heroína do romance) apresentam a mesma paixão pelas camélias. Em 1851, o romance foi adaptado para o teatro e inspirou a ópera *La traviata*, de Giuseppe Verdi.

Depois do romance com Marie, Dumas Filho casou-se, em 1864, com Nadeja Naryschkine, com quem teve uma filha. Após o falecimento da esposa, casou-se com Heriette Régnier. Em 1874, foi admitido na Academia Francesa; em 1894, premiado com a Legião de Honra, era conhecido e admirado na França e no exterior. Morreu um ano depois, em 1895, em Marle-le-Roy, aos 71 anos.

QUEM É EVARISTO GERALDO

    Evaristo Geraldo da Silva nasceu a 28 de setembro de 1968, em Quixadá, Ceará. De uma família de 11 irmãos, onde cinco são poetas, não poderia ser diferente com Evaristo. Como cordelista tem vários trabalhos publicados pela Tupynanquim Editora e alguns inéditos. Recentemente, seu cordel *A incrível história da imperatriz Porcina* foi adotado pela Secretaria da Educação do Estado do Ceará, para educação de jovens e adultos.

    Entre seus trabalhos destacam-se os romances de cordel: *O conde mendigo e a princesa orgulhosa*, *O príncipe que fez de tudo para mudar o destino*, *A lenda da Iara* ou *Os mistérios da Mãe D'àgua*. Evaristo Geraldo é também sócio-fundador da AESTROFE – Associação de Escritores, Trovadores e Folheteiros do Estado.

Clássicos em CORDEL

Alexandre Dumas Filho

A DAMA DAS CAMÉLIAS

Peço às musas que me deem
Um versejar sedutor,
Porque pretendo atrair
Toda a atenção do leitor,
Para narrar uma história
De ciúme, ódio e amor.

Dizem que uma paixão
Transforma qualquer pessoa,
Faz o perverso mudar
(Pede perdão e perdoa),
Modifica quem é ruim
Em gente pacata e boa.

Antigamente existiu
Na cidade de Paris
Uma cortesã famosa,
Uma linda meretriz,
Que era muito desejada,
Porém não era feliz.

Essa meretriz famosa
Se chamava Margarida,
Mulher dum corpo perfeito,
Muito bela, extrovertida,
Em toda a grande Paris
Ela era bem conhecida.

A casa era frequentada
Por marqueses e barões,
Condes e comerciantes,
Todos grandes figurões,
Homens de boas estirpes,
Com riquezas e brasões.

Esses homens davam a ela
Joias, vestidos, amores...
Mas seu presente ideal
Não era ouro ou valores,
Porque ela preferia
Mais era receber flores.

Mas não era qualquer flor
Que Margarida queria,
Pois se não fossem camélias
Ela logo devolvia,
Porque de outra rosa o cheiro
Causava-lhe alergia.

Margarida detestava
Das outras rosas o odor.
Então Dama das Camélias
Lhe chamavam com humor,
Pois a linda cortesã
Só aceitava essa flor.

Essa bela meretriz
Tinha a saúde agravada,
Pelo fato de levar
Uma vida conturbada
E por isso Margarida
Já tinha sido internada.

Porém ela não mudava
O seu triste proceder,
Só vivia de noitadas,
Dando carinho e prazer
E assim levava a vida
Que escolheu pra viver.

Margarida andava um dia
Pelas ruas de Paris,
Então um rapaz ao vê-la
Se apaixona e logo diz:
— Essa mulher vai ser minha
Ou nunca serei feliz!

Esse rapaz se chamava
Por nome Armando Duval,
Um jovem de vinte anos,
Mui belo e sentimental,
Filho de boa família
E muito tradicional.

Armando tinha uma irmã,
Seu pai era um coletor,
Chamado Jorge Duval,
Cidadão trabalhador,
Conhecido e respeitado,
Rígido e conservador.

Depois que Armando conhece
A cortesã Margarida,
Faz jura que ela seria
A mulher da sua vida,
Mas a jovem não sabia
Ser assim tão preferida.

Armando não pôde logo
Da moça se aproximar,
Pois ela nesse período
Teve então que se internar,
Ficou dois meses doente
Em um leito hospitalar.

Durante todo esse tempo
Que estava sendo tratada,
Todo dia Armando ia
Onde ela estava internada
Saber notícias ali
Da sua pretensa amada.

Mas Armando não podia
Com Margarida falar,
Mesmo assim sempre ele ia
No hospital perguntar,
Saber quando ela podia
Retornar para o seu lar.

Depois que teve melhora
Dessa tal enfermidade,
Margarida voltou logo
A circular na cidade.
Então, Armando consegue
Falar com essa beldade.

Tinha a bela Margarida
Amigos de confidência:
Eram Nichette, Gastão
E sua vizinha Prudência,
Que foi quem levou Armando
Para a sua residência.

Essa vizinha apresenta
Armando pra Margarida,
Dizendo: — Este rapaz sente
Por ti paixão desmedida
E o seu maior desejo
É te amar por toda vida.

Ele foi todos os dias
Até aquele hospital
Saber notícias de ti
Se estavas melhor ou mal,
Comprovando ter por ti
Um carinho especial.

Então Margarida fala:
— Estou sensibilizada.
Agradeço-te o carinho,
Porém não prometo nada,
Porque de juras de amor
Eu já vivo calejada.

Armando responde e diz:
— Em nada posso me impor,
Mas o que sinto por ti
É algo avassalador.
Enfim, é paixão ardente,
É carinho, é muito amor!

Margarida diz: — Armando,
Faço-te uma confissão:
Sou uma mulher doente
E de má reputação.
Meu viver é melancólico,
Pra mim não tem solução!

Sobrevivo recebendo
Dinheiro de figurões;
Sou paga pra dar a eles
Prazer e satisfações.
Se parar de trabalhar,
Passarei mil privações.

Armando, você é moço,
É belo e tem simpatia,
E acharás uma mulher
Que tenha melhor valia,
Pois eu não sou para ti
Uma boa companhia.

Responde Armando dizendo:
— Você não quer ser amada?
Ela disse: — Não é isso,
Gosto de ser desejada,
Mas sou indigna de ser
Por você tão cortejada.

Armando diz: — Margarida,
Meu amor é tão profundo.
Eu não paro de pensar
Em ti um único segundo!
Pra mim tu és a mulher
Mais importante do mundo!

Então se viu nesta hora
No rosto de Margarida
Um sorriso e uma lágrima
Com expressão comovida,
Porque ela jamais tinha
Sido assim tão preferida.

Neste momento ela beija
Armando com muito ardor
E disse: — Armando, receba
Esta delicada flor
Que sela pra todo o sempre
O nosso caso de amor.

Leve esta flor com você
Porém, quando ela murchar,
Volte para devolver
E mais outra então levar
Para que assim possamos
Sempre nos reencontrar.

Armando abraçando beija
Essa bela meretriz
E lhe afagando os cabelos
Ele, suspirando, diz:
— Margarida, hoje eu me sinto
Realizado e feliz.

— Então diga que me ama
Outra vez, meu doce amado!
Armando lhe disse: — Eu sou
Por ti louco, apaixonado.
Se eu morresse nesta hora
Estava realizado!

Os dois começam viver
Uma bonita paixão.
Eles sempre estavam juntos,
Era linda essa união.
Pareciam que eram duas
Almas num só coração.

Margarida abandonou
Aquele mundo de orgia;
Não mais andou em noitadas,
De casa pouco saía
E dos seus ricos amantes
Margarida se escondia.

Margarida amava Armando
Com carinho e muito afã;
Ela sonhava pra eles
Um promissor amanhã,
E por isso abandonou
A vida de cortesã.

Para viver esse amor,
Ela decide abrir mão
Duma vida luxuosa,
De joias e diversão,
Porque Armando não tinha
Nem dinheiro, nem brasão.

Mas isso não ofuscava
Essa paixão fascinante
E Margarida dizia
(Muito alegre e triunfante):
— Daqui pra frente só quero
Armando pra meu amante.

Devido essa mulher ser
Bem conhecida em Paris,
Muitos homens só pensavam
Nela como meretriz,
Por isso ela muitas vezes
Ficava triste, infeliz.

Para evitar desconforto,
Intrigas e inimizade,
Margarida decidiu
Ausentar-se da cidade,
Pois o que ela mais queria
Era ter tranquilidade.

Margarida então decide
Morar na zona rural
Ao lado do seu amado,
O belo Armando Duval,
Pois só assim eles dois
Teriam vida normal.

Disse Margarida: — Armando,
Estou pensando num plano:
Vamos nos mudar pro campo,
Passar três meses ou um ano,
Pois preciso repousar
Longe desse clima urbano.

Responde Armando dizendo:
— Vou contigo a qualquer parte;
Eu seguirei os teus passos
Pra Lua, Vênus ou Marte,
Porque tu és para mim
Meu tudo, meu baluarte!

Então Margarida pede
Para um amigo fiel
Dinheiro para pagar
Da nova casa o aluguel,
Porque sua condição
Era difícil e cruel.

Todo dinheiro que tinha
Ela já havia gastado,
Por isso que se obrigou
Pedir dinheiro emprestado
E o tal amigo lhe empresta,
Sem demonstrar desagrado.

Essa mudança pro campo
Foi para eles um alento;
Reinavam paz e sossego
E sobrava encantamento,
Era um eterno himeneu
O relacionamento.

Nesse clima harmonioso
Tudo era felicidade,
Mas lhes faltava dinheiro
Pra tanta comodidade,
Porém só ela sabia
Dessa dura realidade.

Margarida começou
Vender o que possuía
Para poder custear
Despesas do dia a dia,
Mas ela não revelava
Para Armando o que fazia.

Margarida encarregou
Para essa tal incumbência
Sua amiga e confidente,
A dedicada Prudência,
Pois além de ser discreta
Ela tinha competência.

Prudência vendeu primeiro
As joias particulares,
Brincos, anéis e pulseiras,
Depois os belos colares,
Todos esses objetos
Eram lindos exemplares.

Por fim, Prudência vendeu
Os seus melhores vestidos.
Todos eram luxuosos
Bem feitos e coloridos
E decentes de se usar,
Por serem muito compridos.

Porém Armando começa
Daquilo desconfiar,
Então ele diz: — Prudência,
Quero consigo falar,
Porque preciso que venha
Alguns fatos me explicar.

Prudência, já vi você
Levar e não trazer mais
Daqui muitos objetos,
Joias, roupas e metais.
Responda-me, o que fizeste
Com esses materiais?

Ela respondeu: — Armando,
Vou lhe contar a verdade.
Todos esses objetos
Eu vendi lá na cidade,
Porque Margarida enfim
Me deu toda autoridade.

Margarida autorizou-me
Dizendo: — Pode vender;
Porém me pediu segredo
Para você não saber,
Mas como desconfiou
Tenho que lhe esclarecer.

Armando, você parece
Ser um grande sonhador.
Pensa acaso que alguém pode
Viver somente de amor?
A realidade é outra,
Compreenda, por favor.

Foi para pagar as dívidas
E dessa casa o aluguel
Que Margarida vendeu
Pulseiras, roupas e anel;
Essa é a realidade —
Desculpe se fui cruel!

Armando disse: — Já tenho
Pra isso uma solução.
Pensando nisso escrevi
Para o meu tabelião
Pedindo que ele libere
Logo uma herança em questão.

Essa herança foi deixada
Por minha mãe em juízo
Para ser utilizada
Por mim quando for preciso.
Enfim é chegada a hora,
Pois meu sonho realizo.

Por causa disso inda hoje
Vou a Paris retornar,
Pois esse tabelião
Mandou então me chamar;
Com certeza é a herança
Que ele quer me entregar.

Com esse dinheiro vamos
Muitas coisas resolver,
Pagar meses de aluguel,
Comprar o que se manter,
Enfim, não será preciso
Mais objetos vender.

Porém, Prudência, lhe peço:
Não fale sobre esse plano
Porque se algo der errado,
Vai ser grande o desengano,
Pois é melhor ter cautela
Do que cometer engano.

Vou inventar um pretexto
Pra poder ir à cidade.
Quero, quando retornar,
Trazer boa novidade,
Mas não vou me demorar,
Voltarei com brevidade.

Depois, Armando chamou
Sua bela Margarida.
Então lhe falou assim:
— Vou sair, minha querida,
Pra dar notícia a meu pai,
Ao menos que estou com vida.

Já está fazendo um mês
Que nem visito nem dou
Notícias para o meu pai
Pra contar-lhe como estou.
Por isso, minha querida,
Hoje à minha casa vou.

Você fica acompanhada
De sua amiga Prudência,
Que não vou me demorar
Lá na minha residência.
Logo que eu veja meu pai,
Retornarei com urgência.

Margarida disse: — Vá,
Meu querido, meu amado,
Dê notícias ao seu pai
E deixe-o tranquilizado,
Mas volte pra cá depressa
Para ficar ao meu lado.

Depois que Armando saiu
Prudência diz: — Margarida,
Quero saber se tu és
Feliz, levando essa vida?
Tens certeza desse amor?
Responde, minha querida.

Margarida disse: — Amiga,
Com toda sinceridade,
O que sinto por Armando
Tem bastante intensidade
E isso é mais que paixão,
É um amor de verdade!

Minha paixão por Armando
É sincera e verdadeira;
Sinto que o nosso amor
Vai ser para a vida inteira,
Por causa dele deixei
Uma vida aventureira.

Há momentos que esqueço
Do que fui e do que fiz.
Não pretendo retornar
À vida de meretriz,
Porque ao lado de Armando
Sou muito amada e feliz.

Já fiz gastarem com flores
Dinheiro que pagaria
O sustento duma casa
Da mais alta monarquia,
Mas só uma flor do Armando
Perfuma todo o meu dia!

Na hora em que ela falava
Sobre esse tão grande amor.
Sua criada interrompe
Dizendo: — Tem um senhor
Lá fora e quer lhe falar,
Diz ser algo de valor.

Quando esse homem entrou,
Falou de forma brutal,
Dizendo pra Margarida:
— Me chamo Jorge Duval.
Vim falar sobre meu filho,
Um jovem sentimental.

Sou o pai do jovem Armando,
Que vive com a senhora.
Margarida então responde:
— Ele não se encontra agora,
Mas se quiser esperar,
Acho que ele não demora.

Duval diz: — Não é com ele
Que eu pretendo falar,
Pois sei que Armando partiu,
Talvez demore a voltar.
Por isso mesmo é que venho
Falar-te em particular.

Margarida então pediu:
— Prudência, saia um instante,
Pois parece que a conversa
É urgente e importante.
Depois nós retomaremos
Nosso assunto interessante.

Depois que ficaram a sós
Falou o homem à vontade,
Dizendo: — Minha senhora,
Causaste grande maldade,
Privando meu pobre filho
Viver sua mocidade.

Você faz com que ele gaste
O que tem e o que não tem.
Acho que Armando torrou
Até seu último vintém
E ele faz isso porque
É um tolo e lhe quer bem.

Margarida disse: — Calma,
O senhor tá muito bravo!
Pois saiba que o seu filho
Nunca me deu um centavo;
Porque jamais quis Armando
Pra me servir como escravo.

Ele disse: — Então meu filho
É esbanjador agora?
Vive só para gastar
O dinheiro da senhora,
Que seus amantes lhe pagam
Por esse mundão afora!

Margarida diz: — Perdão,
O senhor tá exaltado;
Eu o respeito porque
É pai do meu namorado,
Mas estou em minha casa —
Seja ao menos educado.

O tom em que estás falando
Não é o que deveria
Se esperar dum cavalheiro:
Mais respeito e cortesia,
Porém o senhor me trata
Com desonra e grosseria.

Por isso, caro senhor,
Queira então se retirar.
Só lhe tratei com respeito,
Jamais irei me exaltar,
E quando estiver mais calmo,
Volte para conversar.

Disse ele: — Já tinham dito
Que eras muito perigosa,
Pois sabes argumentar
E és bastante ardilosa.
Porém toma mais cuidado,
Pois não gostei dessa prosa.

Responde-lhe Margarida:
— Não podes falar assim.
Posso até ser perigosa
Mas só causo mal a mim,
Pois sei que tudo que fiz
Não foi de fato ruim.

Rebateu Jorge Duval:
— Isso não é importante.
Armando está arruinado,
E ele é só um infante,
Sem noção do que é certo,
Um tolo principiante.

Disse ela: — Caro senhor,
És pai do meu namorado;
Porém torno a te dizer
Que estás bastante enganado,
Pois Armando não gastou
Nada pra estar arruinado.

Ele disse a ela: — Explique
A mim esta carta então
Que recebi outro dia
Do nosso tabelião:
Por que nela Armando manda
Fazer-lhe uma doação?

Ela disse: — Eu lhe asseguro
Que disso nada sabia,
Porque se Armando fez isso,
Fez à minha revelia.
Se ele tivesse falado,
Juro, nunca aceitaria.

Jorge Duval diz: — Mas antes
Você sempre agiu assim;
Pois recebia dos homens
Roupas de puro cetim.
Se alguém lhe desse um colar
Tinha que ser de rubim.

Margarida lhe responde:
— Mas hoje é bem diferente
Porque ao seu filho Armando
Eu amo perdidamente
Dum jeito que nunca amei
Outro homem anteriormente!

Por favor, tente entender
Que eu amo Armando Duval
E nunca vou receber
Dinheiro dele, afinal,
Quero o amor de seu filho
De forma incondicional.

Para viver com Armando
Tenho feito grande empenho:
Vendi joias, vendi roupas,
Vou vender tudo o que tenho,
Pois o amor de seu filho
Não desprezo, não desdenho.

Estou contando essas coisas
Para mostrar a verdade.
Não pense que te falei
Com soberba ou por maldade
E nem para envergonhar-te
Causando contrariedade.

Jorge Duval então fala:
— Deus! Será que me enganei?
Margarida disse: — Sim,
Porém já te perdoei.
Esqueçamos tudo isso,
Porque rancor não guardei.

Apesar do que disseste,
Inda assim não me magoa
O senhor inda vai ver
Que eu não sou má pessoa.
Acredite, que me esforço
Por ser fiel, justa e boa.

Duval diz: — Peço perdão
Por ter feito tudo errado,
Mas entenda que eu estava
Com raiva e muito exaltado,
Porém quero que me ajude
Pois estou desesperado.

Ela retruca: — Eu, talvez,
Nunca lhe possa ajudar;
Se for pra deixar seu filho,
Pode parar de falar,
Porque não posso viver
Sem tê-lo para me amar!

Jorge disse: — Estou passando
Por transtornos e empecilhos.
Saiba que toda essa história
Afetou os meus dois filhos.
Se me ajudar, posso pôr
Minha família "nos trilhos".

Perguntou ela: — Dois filhos?
Armando tem uma irmã?
Disse ele: — Sim, e por isso
Trabalho com muito afã
Sempre buscando pra eles
Um promissor amanhã.

Ouça-me, então, Margarida,
Com muita calma e atenção:
Minha filha vai casar
Com alguém de posição,
Mas a família do noivo
Impôs certa condição...

E é pela minha filha
Que vim aqui, Margarida;
Porque ela é para mim
Uma joia preferida,
Mas sua felicidade
Já está comprometida.

A família do meu genro
Me faz pressão toda hora:
E diz que vai retirar
A palavra sem demora
Se meu filho persistir
Em viver com a senhora.

Acho que você concorda
Ter minha filha o direito
De casar e ser feliz,
Viver um amor perfeito,
Porém, se não me ajudar,
Tudo então será desfeito.

A nossa sociedade
Tem conceito ultrapassado
E nunca irá aceitar
Esse seu triste passado,
Mesmo que você garanta
Tê-lo já abandonado.

Eu deponho em suas mãos
O destino de uma vida.
Minha filha nunca fez
Mal a você, Margarida.
Ela ainda é muito pura,
Feito a Virgem Concebida.

Comovida com o drama
Disse a Dama: — Vou ceder.
Compreendo sua aflição,
O seu rude proceder,
Me afastarei de Armando
Pra nem um mal cometer.

Vou pra fora de Paris,
Volto quando ela casar.
Sei que será doloroso
Do seu filho me afastar,
Mas mato minha saudade
Quando de lá retornar.

Diz Duval: — Mas não é isso
O que quero da senhora.
É preciso então que deixe
Meu filho sem mais demora.
Só assim a situação
Terá de fato melhora.

Margarida lhe responde:
— Isso nunca! Por favor!
Pois separar-me de Armando
É impossível, senhor!
Então não vês que vivemos
Um puro e sincero amor?

Saiba que fiz muitas juras
Para esse amor não ter fim.
Dei meu coração pra ele
E ele deu o dele a mim;
Por isso nossa união
Não vai se acabar assim!

Não sabe o senhor que sofro
Duma doença sem cura?
Não viverei muito tempo
Nessa vida de amargura,
Porém Armando me ajuda
Vencer qualquer desventura.

A minha vida antes era
Sem graça e insalutar,
Foi seu filho quem me deu
Esperança pra lutar,
E separar-me de Armando
É mesmo que me matar!

Responde Jorge Duval:
— Tenha calma, Margarida.
É certo que todos nós
Vamos deixar essa vida,
Porém nunca antes do tempo.
Então se acalme, querida.

Compreendo o sacrifício
Que você tem que fazer,
Mas a senhora terá
Que fatalmente ceder,
Pois não tem outra maneira
Disso a gente resolver.

Escute, faz pouco tempo
Que vives essa união.
Ninguém pode garantir
Que isso é mesmo paixão...
Se for mais uma aventura
Ou talvez outra ilusão?

Você nunca se enganou
Se dizendo apaixonada?
Fez juras de amor eterno
E percebeu não ser nada?
Enfim, ninguém nos garante
Que não esteja enganada.

Margarida disse: — Nunca
Amei do jeito de agora,
Pois só penso no seu filho
Todo dia, a cada hora,
Ao lado dele me sinto
Realmente uma senhora.

Jorge Duval respondeu:
— Acredito, Margarida,
Mas será que essa paixão
É por Armando sentida?
Tem certeza que meu filho
Vai te amar por toda a vida?

Pode um jovem nessa idade
Ter certeza do que sente?
Não será só ilusão
Ou uma atração somente?
Pois isso é muito comum
Acontecer com a gente.

Se vocês viverem juntos,
Não terão prosperidade,
Pois essa união nasceu
Sem base na castidade,
Sem apoio na família,
Sem religiosidade.

Margarida, você é
Uma mulher já madura.
Perderá então mais cedo
A beleza, a formosura,
Isso poderá causar
A vocês grande amargura.

Vai você envelhecer
Bem antes do que meu filho,
Irá se tornar pra ele
Talvez um grande empecilho,
Pois Armando ainda terá
Vigor, juventude e brilho.

Diz Margarida: — Senhor,
A minha angústia é tanta...
Meu passado me persegue
E minha culpa me espanta,
Pois no mundo em que vivemos
Quem cai jamais se levanta.

Por mais que diga: "mudei",
Ninguém acredita em mim,
Pois nossa sociedade
É muito hipócrita e ruim.
O meu destino é viver
Sendo errada até o fim!.

Enganei-me por pensar
Que tinha grande suporte,
Mas vejo que o preconceito
Dos homens é bem mais forte.
Talvez não tenha perdão
Nem mesmo depois da morte!

Pois bem, senhor Jorge, irei
Deixar Armando Duval,
Vou abandonar pra sempre
Meu sonho sentimental,
Pois estou vendo que nunca
Serei feliz afinal.

Disse então Jorge Duval:
— Muito obrigado, senhora.
Em troca desse favor,
Peça qualquer coisa agora,
Que prometo lhe atender
Seja o que for, sem demora.

Margarida respondeu:
— Peço-lhe, caro senhor,
Que, depois da minha morte,
Faça-me grande favor:
Diga a Armando que ele
Foi meu mais sincero amor.

Disse-lhe Jorge Duval:
— Está bem, minha senhora.
Depois se despediu dela
E saiu sem mais demora.
Margarida aí chorando
Logo foi também embora.

Porém Margarida deixa
Uma carta escrita assim:
Armando, não me procure.
Nosso caso chega ao fim,
Pois saiba que hoje achei
Um homem melhor pra mim.

41

Quando Armando leu a carta
Ficou triste, angustiado.
E, chorando, ele dizia:
— Meu Deus, tá tudo acabado!
Como é que posso viver
Sem Margarida a meu lado?

Fez Armando uma viagem
Pra curar essa amargura,
Porém com um mês voltou
Porque não achou tal cura,
Pois a ausência pra quem ama
É uma grande tortura.

Durante todo esse tempo
Em que Armando esteve ausente,
Margarida finge estar
Mui louca e perdidamente
Enamorada de um homem
Rico e bastante influente.

Margarida retornou
Pra velha vida agitada,
Se descuidou da saúde,
Não comia quase nada,
Por isso ela foi ficando
Pálida e debilitada.

O dito homem influente
Que ela então fingia amar
Era o barão de Varvilli,
Um sujeito popular,
Respeitado e desejado
Pelas damas do lugar.

Quando Armando retornou,
Ele encontrou Margarida
De braços com o barão
Numa festa, distraída,
Fingindo ser a mulher
Mais amada desta vida.

43

Ao ver essa cena dura
Sente Armando uma aflição,
Porém disse: — Margarida,
Mandas em meu coração.
Se voltares para mim,
Posso te dar meu perdão.

Margarida disse: — Não.
Porque já tenho outro alguém.
Vá viver a sua vida,
Deixe que eu viva também.
Um dia você encontra
Outra que lhe queira bem.

Com raiva, Armando responde:
— Você é dissimulada!
Jogando dinheiro diz:
— Já não lhe devo mais nada,
Pois estou te pagando agora
Por ter sido minha amada.

Quando ela escutou tal coisa,
Desmaiou, caiu no chão.
Então o barão diz: — Moço,
Exijo retratação!
E ali marcaram um duelo
Pra resolver a questão.

Armando neste confronto
Teve mais sorte e ganhou,
Porém o senhor barão
Foi só ferido e escapou,
Mas Armando novamente
De Paris se retirou.

Depois daquele desmaio,
Margarida adoeceu,
Ficou em casa prostrada,
Tudo o que tinha vendeu,
Não passou mais privação,
Pois Gastão lhe socorreu.

O estado de Margarida
Cada dia se agravava,
Por Armando ter sumido
Seu quadro não melhorava,
Sofrendo sem ter notícia,
Pobre dama definhava.

Nem quando a irmã casou
Ele em casa apareceu,
Mas Jorge Duval sabia
Onde Armando se escondeu
Porque sempre controlava
Os passos do filho seu.

Depois de passar um tempo
Com Margarida acamada,
Ficou sabido e notório
Que estava desenganada.
Até o padre local
Já visitara a coitada.

Então o senhor Duval
Com um peso na consciência
Escreve ao filho dizendo:
— Volte, Armando, com urgência,
Pois a jovem Margarida
Em tudo tem inocência.

Ao saber toda a verdade,
Retorna Armando e procura
Margarida, porque tinha
Fé em encontrar a cura
Para salvar sua amada
Dessa triste desventura.

Mas quando ele a encontrou,
Sentiu grande desespero
Ao ouvir sua querida
No momento derradeiro,
Dizendo: — Armando, tu foste
Meu único amor verdadeiro!

46

Armando, saiba que Deus
É bondoso e inteligente,
Pois conservou minha vida
Até vê-lo novamente.
Agora posso morrer
Feliz, em paz e contente.

Então, Margarida tira
Do seu bolso um medalhão
E deu pra Armando dizendo:
— Receba, minha paixão,
Nele tem o meu retrato.
Guarde pra recordação.

Porém se você casar
E a mulher descobrir
Esse retrato e quiser
Da sua casa sair,
Rasgue, pois toda mulher
Pode ciúme sentir.

Ao falar essas palavras,
Seus olhos foram fechando,
Deu seu último suspiro
E soltou a mão de Armando.
Quando ele vê essa cena
Então lhe abraçou chorando!

Armando abraçado ao corpo
Chorando ele exclama assim:
— Meu Deus, que momento triste!
Oh, que doloroso fim!
A vida daqui pra frente
Não tem mais graça pra mim.

Armando com Margarida
Não pôde viver em paz
Porque foram contra as regras
E os tais conceitos morais,
Mas o único erro deles
Foi só se amarem demais.

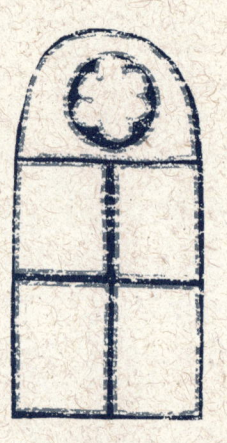

Fim